KB250002

나무는 간다

나무는 간다

이 영 광 시 집

차 례

제1부

이따위 곳

이따위 곳에 왜 날
낳아놓은 거야?
딸이 어미에게 대든다
채널을 돌린다
사람 말고는 누구도
이따위 곳이라고 하지 않는다
누의 살점을 찢고 있는 사자 무리 곁에서
누들이, 제 동족의 피가 튄
풀을 뜯고 있다
울지도 웃지도 않고
먹는다
식사가 끝나자 누도 사자도
발아래 이따위 곳 따위에는 눈길도 주지 않고,
피 좀 본 거로는 꿈쩍도 않는
노란 지평선을 본다
어쩌다 사람만이 찾아낸
분노의 거주지
혼돈의 부동산

이따위 곳

우물

우물은,
동네 사람들 얼굴을 죄다 기억하고 있다

우물이 있던 자리
우물이 있는 자리

나는 우물 밑에서 올려다보는 얼굴들을 죄다
기억하고 있다

저녁은 모든 희망을

바깥은 문제야 하지만
안이 더 문제야 보이지도 않아
병들지 않으면 낫지도 못해
그는 병들었다
내가 가장 좋아하는 건 전력을 다해
가만히 멈춰 있기죠
그는 병들었다, 하지만
나는 왜 병이 좋은가
왜 나는 내 품에 안겨 있나
그는 버르적댄다
습관적으로 입을 벌린다
침이 흐른다
혁명이 필요하다 이 스물네평에
냉혹하고 파격적인 무갈등의 하루가,
어떤 기적이 필요하다
물론 나에겐 죄가 있다
하지만 너무 오래 벌받고 있지 않는가, 그는
묻는다, 그것이 벌인 줄도 모르고

변혁에 대한 갈망으로 불탄다

새날이 와야 한다

나는 모든 자폭을 옹호한다

나는 재앙이 필요하다

나는 천재지변을 기다린다

나는 내가 필요하다

짧은 아침이 지나가고,

긴 오후가 기울고

죽일 듯이 저녁이 온다

빛을 다 썼는데도 빛은 나타나지 않는다

그는 안된다

저녁은 모든 희망을 치료해준다

그는 힘없이 낫는다

나는 아무런 이유가 없다

나는 무장봉기를 꿈꾸지 않는다

대홍수가 나지 않아도,

메뚜기떼가 새까맣게 하늘을

덮지 않아도 좋다

나는 안락하게 죽었다
나는 내가 좋다
그는 돼지머리처럼 흐뭇하게 웃는다
소주와 꿈 없는 잠
소주와 꿈 없는 잠

깔깔대는 혼

정말 하지 말아야 할 일은 자기를
살려주는 일
정말 해야 할 일도 저에게 위로를
던지지 않는 일
입이 말을 못하겠나
손이 구원을 못 쓰겠나
하지 않는 것이 아니라
하지 않는 것을 해내는 일
여름 마당에 병아리들 불러 모아 모이 주는
어른 흉내 내어
빈손을 감추고 구구구
장난치는 아이처럼
누가 마음 없이 마음을 못 내놓나
죽음 없이 시체를 못 내놓나
깔깔대는 혼이여
거품 같은 몸이여
모두 일 나가고 저물도록 혼자 집 보는 것
무섭고 외롭더라도

조금만 더 외로워보아
조금만 더 정신을 잃어보아
원한 없는 열개 스무개 닭 모가지들이
갸우뚱 올려다보는 하얀 마당
원한 없는 열개 스무개 닭 모가지들이
갸우뚱 내려다보는 검은 잠 속

웃는 사람

배 부은 그녀가 장미 울타리 곁에서
웃고 있습니다
비가 내리고
볕이 쏟아지고
장미 가시에 긁힌 손목이 붉게 물들어도
언제나 이유 없이 웃고만 있습니다
그녀는 이유이지요
그녀만 보면 나는 괴력을 내어
같이 웃어줍니다
내가 얼마나 어두운지
그녀는 모릅니다
그녀는 어둠이지요
다 알아버렸기 때문에 그녀는
아무것도 모릅니다
모퉁이를 돌고 나면 내가 왜
웃음을 거두고
뒷산만한 한숨을 내려놓고
얼굴을 가면으로 갈아 끼우는지

자꾸만 배가 붓는 그녀는 모릅니다
다 알아버렸기 때문에
그녀는 웃고 있습니다
한번씩 웃을 때마다 어김없이
한번씩 웃음을 그치며

독도들

해장국집에 들어가 술을 시켰는데
잔을 두개 가져다준다
저는 소주를 세 병 마신
한 사람입니다
이상하다는 듯 남자가 잔 하나를
도로 가져가버린다
나는 내 반쪽이 찢겨나가는 것 같다
한 사람일 수도,
한 사람이 아닐 수도 있다, 있지만
〈모닝와이드〉는 삼월 찬바람에 쓸리는
독도를 보여준다 독도만 가면
깃발 흔들고 만세 부르고 사진 찍는
민족 문인들이나 기자들이 있겠지
업소 출신이 업소에 안 가듯
나는 독도엔 안 간다
소주잔에 떠다니는 내 심장을 본다
결코 양보할 수 없다는 돌투성이 국토 너머
망망대해를 본다

모든 홀몸은 분쟁 중이고
모든 홀몸은 부유 중인데
독도는 어디에 있는 섬인가
독도는 어디에 없는 섬인가
투사처럼 비쩍 마른 밥집 남자는
소주잔에 담아간 심장을 가져오지 않는다

세한

네가 참아버린 말을 나는 찾는다
네가 잊어버린 말을 나는 믿는다
설사하는 몸으로 변비를 견디듯
너를 쓰러뜨린 말들을 꼭 사랑할 것이다

병원에는 가지 않았다 병원에
있었다, 다디단 중독들을 버무려
이 병실에서도 약을 짓는다
나으려 하지 않는 병에게,
웃고 있는 형제들에게 전하고 싶다

인간답게, 짐승답게 으스러지도록 사는 허망의
하염없이 하염없는 희망에 대해
희망의 꿈 같은 사슬과 채찍에 대해
생각해보았다
생각되지 않았다

추운 날엔 살을 쓰다듬고 뼈를 만진다

탈도 많고 말도 많은
캄캄한 내장들을 주물러도 본다
몸은 안 좋을 것이다
몸은 안 좋을 것이다

하지만 이 슬픈 몸은 기쁨의 失禁을 안다
되었다, 헛되었지만 되었다
덜 살고 덜 살고 덜 살아서
슬픈 몸은 숱한 사랑의 말을 사랑하고 있을 것이다

기도

나의 기도는
기도하지 않는
기도이다
기도할 수 없는 기도이다
주저앉는 기도이다
뭉개지는 기도이다
사람의,
사람이 짓는
사람이 어쩔 수 있을 어쩔 수 없는 것에 대하여
기도는 말이 없다
언제나 경악보다 먼저 와서,
두려움보다 슬픔보다 분노보다 먼저 와서
두 손을 모으려 하는 나를
무슨 말을 떠올리려 하는 나를
단숨에 찔러버린다
허공을 쥐고
사지를 뒤틀면서
기도는 기도를 빼앗기고

꿈틀거리는 신음 하나를 입에 문다
분노가 되기 전에,
슬픔이 두려움이 경악이 되기 전에
전선같이 와서
침묵 하나로 뚫어버리는 것
더듬거리면서
내 기도는 언제나 기도 이전,
사람이 어쩔 수 없을 어쩔 수 있는 것에 대하여
경련하는 기도이다
모르는 기도이다
기도에 목 졸려 나는 빈다
기도보다 먼저 온 기도에 꿰여
입속에서 목구멍 속에서
빌고 빈다

과거는 힘이 세다
유령 4

과거는 흘러가지 않는다
과거는 팔뚝에 푸른 '反共'을 새기고
뿔 달린 짐승을 꿰뚫은 화살 문신을 하고
순대를 뺀 순대국을 천원 덜 내고 먹는다
반공은 생존,
생존은 여전히 총탄이 빗발치고
시체와 선혈과 유령이 아우성하는
공포의 미궁인데

과거는 한동안 서울엘 못 나갔다
반공 평생 하고 다녀도 생계는 어려워서
뚝배기 바닥을 긁으며 버럭,
과거는 힘이 세다
체제 자체를 부정하는 망할 좌익 새끼들
국물이 적다고 투덜대다 울컥,
과거는 힘이 세다
한 잔 남은 소주를 핥아 먹으며, 빨갱이는
씨를 말려야 해,

과거는 힘이 세다

나라만 사랑했는데, 과거는 분노가 치밀어오른다
미래는 생각지도 못했는데, 과거는 피가 거꾸로 솟는다
죽도록 고생했는데, 과거는 다 쏴 죽이고 싶다
과거가 사라질까봐 과거는 힘이 세다
빨갱이가 나타날까봐 과거는 힘이 세다
(과거가 나타날까봐
과거는 힘이 세다, 일용할
빨갱이들이 사라질까봐
과거는 힘이 세다)

과거와 미래와 현재가 좀 힘없이
잘 살았으면 좋겠어요
동네 빨갱이는 체제를 대신해서,
괴력을 발휘해서 과거에게
소주를 한 병 산다
과거는 일흔아홉, 문득 동네 할아버지로 돌아와

하얗게 틀니로 웃는다
둘은 마주 보고 영정처럼
힘없이 웃는다

부들부들 손 떠는 적개심이여
붉은 노을은 빨갱이 천지로군요 다행이군요
무언가, 무언가 간신히 흘러가고 있는 듯한 석양
다 쓰러져가는 국밥집

유정도 무정도 없이

죽음만 있으면
아무것도 겁나지 않아.
너는 두 손에 죽음을 꺼내 들고
나를 꼬나본다.
안 주면 죽여버릴 거야
취한 너는 별안간
덤비고 싶다, 개자식아, 하고 날
무찌르고 싶다.
하지만 너는 애원한다,
차비 좀 빌려주세요.
귀신을 만난 듯
네 죽음은 주먹이 되려다가
다시 펴진다.
나는 주먹을 보고 싶지만
유정도 무정도 없지만
너는 검은 손바닥을 보여준다.
죽음은 손바닥 위에서
공기알 같다.

병아리 같다.

혓바닥 같다.

그래서, 그것을 너는

흉기처럼 휘두르고 싶지만

휘두를 것 같지만

너의 *죽어버리겠어*는

*죽어버릴 거야*이다.

나는 네 인사불성을

취중 난동을

최종 병기를 보고 싶은데

너는 고작 중얼거린다, 이천원만,

이천원만 빌려주세요

나는 네게 차비를 뺏긴다.

하지만 너는 죽음을

선사하지 않고,

고맙습니다 하고

돌아서 간다, 오늘 밤 네가

*씨발, 죽으면 그만*이었던 삶이어서

오늘 밤도 네가 끝내 죽지
않는 죽음이어서, 죽이지
않는 죽음이어서, 나는
하릴없이 비에 젖는다.
유정도 무정도 없이
개자식으로.

망가져가는 아이

시끄럽게 부서지고 피 나던 집이었는데
누구도 아이를 욕하거나 때리지 않았다
조용한 아이였다
조심하는 아이였다
모든 걸 알고 모든 것에 준비된 표정으로
떨려고 하지 않았다
난 어떻게 돼도 상관없어 상관없습니다
웃지 않는 아이였다
묻지 않는 아이였다
말을 잘 들었다 잘 들렸나 듣기도 전에
움직이는 아이였다 들려도
움직이지 않는 아이였다
전후좌우를 보았다
속이 빤히 보이는,
안 보이는 아이였다
아프지 않겠습니다
아이가 되지 않겠습니다
온몸을 희끄무레한 붕대로 감고 있어서

아플 곳이 없었다
죽으면 죽으리라*
살면 살리라
벗은 아이였다
벗겨진 아이였다
생각하지 않고,
늘 남의 생각만 생각하는
망가져가는 아이였다 무섭고 많은
시간이 잡은 아이였다
하루는 사십년처럼 흐르고
사십년은 하루처럼 멎어
어느날, 돌아온 아이였다
도대체 왜 도대체 왜 도대체 왜
아직도 망가져가는 아이였다

*에스더서 4장 16절.

구름과 나

똥이 나오려 하는데도 변기 앞에서
일부러 참고 서 있을 때처럼,
연정이든
사정이든
고해성사든
참고 싶은 것은 다, 참을 수 없는 것이었다

모두 떠나고 혼자 남은 새벽 해장국집에서
소주잔을 쥐고 버텼던 것이
고독이나 중독 때문은 아니었다
나라는 어린아이에게도,
아껴가며 야금야금 먹을 밀떡이나
움켜쥐고 울고 싶은 추억이 없는 건 아니었지만
술은 남았지만,
고독이나 중독 때문이 아녔다
이곳에, 참을 수 있었던 것은 없었다
참아야 했던 건 없었다

똥을 가득 담고, 엉덩이에 똥을 묻히고 다니며,
사랑했던 사람들에게 나는 비밀이 있었다
월남사탕과 투게더와 사랑의 구름빛 섹스를
혀끝으로 빨아 먹을 때,
오물이 뒹구는 담벼락 아래 쭈그려 마신 걸
게워놓을 때, 그때에도
내가 참아냈던 건 언제나 바깥,
바깥으로 들어가기
이곳에 침입한 그곳으로
문 닫고 사라지는 일 자체

그것은 먼 옛날의 일,
무를 탑재하고도 유유히 무의 검문을 비껴 다니는 하늘
의 악령
변신 구름을 처음 본 이래로

불을 끄려고 한다

어떻게 참 잘도, 이발소 같은 데서 물수건을 덮고
얼굴이 벌겋게 익은 채로
面刀 아래 목을 내놓는 짓을 했을까
面刀 아래 목을

등 뒤에 도사견이 와서, 장미덩굴을 붙잡고
병 조각이 삐죽삐죽 꽂힌 담을 단숨에 타넘고도
아픈 줄 몰랐다, 아홉살, 손에서 피를 철철 흘리면서도

동녘에 지진이 날 거야, 하고 토막잠 들었다가
일본 대지진 뉴스 속보를 덜덜덜, 누운 채로 볼 때
눈을 떴는데 전화벨이 그치지 않을 때

버스가 왔구나, 버스를 타야지, 버스를 탔는데
정류장에 나타나 앉아 있을 때 담배가 없을 때,
사라졌을 때 나는 살아 있었다
돌아왔을 때, 비참했다
부활은 소용이 없구나, 담배가 있을 때

개에게 뼈다귀 소중하듯이
나의 슬픔 나에게나 소중했던가*
생각을 안해 못하겠어
가진 것 하나도 없으면서 겁내는 인간은 뭔가가 더
없는지도 모르지만
무수한 괜찮은 것들 사이에서도 나는 아직 괜찮지만

어떻게 참 잘도, 학생 땐 돌을 던지고
군인이 돼선 총질을 해댔을까, 정신을 잃지도 않고
잊지도 못할 말들을 뱉었을까
나는 너무 나 같아서 나 같지 않다
너무 나 같지 않아서 나 같다
하지만 나는 어려서 배운 것을 잊지 않았다
증오하지 않았다

　중무장을 하고 후꾸시마로 들어가는 원전 처리 결사대
처럼,

물샐틈없는 밤을 본다
산 것도 죽은 것도 아닌 나 같은 것이
어떻게 그렇게도 여러번 무사했을까
어떻게, 살려달라고 빌고 나서도
살고 있을까

자려고 불을 끈다
끄려고 한다
불을 끄려고 한다
불 끄는 일은 일이구나 생각하지 못하는 사람은
일인 사람은,
밤새도록 불 끄는 사람은

아침 해가 실내등을 환하게 감겨주면, 안도한다
나는 잊으려 하지 않았다 단 한번도
죽으려 하지 않았다
안도가 아니어도, 안도에 지쳐
진주알 같은 하얀 잠들을 입안에 털어넣는다

* 이성복 시인의 "그들의 눈은 그들에게나/소중했는가, 내 사랑/나에게나 소중했던가"(「비린내」)를 변용.

얼굴

너는 내 표정을 읽고
나는 네 얼굴을 본다

너는 쾌활하고 행복하게 마시고 떠든다
그래서
나도 쾌활하고 행복하게 마시고 떠든다

그러다 너는 취해 운다
그래서 나는 취하지 않고 운다

눈물을 닦으며 너는 너를 사랑한다
눈물을 닦으며,
나는 네 사랑을 사랑한다

너는 나를 두고 집으로 갈 것이다
나는 너를 두고, 오래 밤길을 잃을 것이다

네 얼굴엔 무수한 표정들이 돛처럼 피어나고

내 얼굴은 무수한 표정들에 닻처럼 잠겨 있다

공

결국은 나 아니겠느냐는 듯
축구 끝난 운동장에 혼자
놓여 있는
공

수만의 함성과
험악하고 강력한 발들이 차다가,
차다가 끝내 터뜨리지 못해 놓고 간
침묵 한 덩이

침묵 속에는 모두를 몰살시킬 허무가
터질 듯,
비어 있다

폭탄을 걷어차느라
발들이 부르트고
목들이 붓고 쉰 뒤에도 공은,
세계의 배꼽처럼 동그랗고

빵빵하다

터지지 않을 것 같은 것은 무섭다
몰살당하지 않을 것 같은 것들은 무섭다

살생부

영 아닌 인간들은 수첩에서,
요즘 같으면 휴대폰 전화번호부에서 아예
이름을 지워버린다는 글을 읽으면, 냉장고에서
술을 꺼낸다

모두들, 살생부 하나쯤은 가지고 사는 걸까
상상도 상징도 뭣도 아니고 그냥
존재 자체를 그어버린다는,
그 칼질 가운데 내 이름은 몇?

나는 원한을 산 일이 있다
누군가를 속이기 위해 누군가에게 갔다
안되면 되게 한 적이,
살려고 죽은 적이 있다
연락하지 않았다
슬픔을 비웃었다

나는 죽이고 싶었던 적이 있다

기억하지 못했다
자백하지 않았다, 무엇보다도 나는 가끔
내가 아닌 것이었다 아니,
나인 것이었다, 대체 나는 나를 상처 내지 않으려고 벌벌
떨며
얼마나 여러번 잘못 찔렀단 말인가

나도, 아닌 인간이지만, 더러운 깨끗함 없이 사는
깨끗한 더러움이 어디 있겠는가, 생각했으니
무수한 생각들을 눌러 죽인 그 생각보다 더
무수한 죄는 없을 터이고, 쥐새끼처럼
죽은 채로 살길을 찾아 헤맸던 것이니

죄는 알지만 용서는 모른다
용서는 알아도 벌은 모른다
알 수 없다
알아버리고 싶지 않다
나는 아픔을 오래 참을 수 있다

벌은 알아도 용서는 모른다
용서는 알지만 죄는 모른다
알아버리고 싶지 않다
기억나지 않는 기억의 반군들이 또 사방에서
몰려온다

나에게도 오래된 살생부가 있다
거기엔 언제나 한 사람의 이름이 적혀 있다

개구리 지옥

만해마을 문인의 집 앞 인공수로에 왜

세상에서 제일 센 개구리 울음 있지

일 미터 남짓한 시멘트 벽을 못 기어오른다더라 그 개구

리들이

울음만 세지

수로에서 태어나 올챙이로 개구리로, 이게 삶이려니

수로에 잠겨 죽는 것들에 대해

시인인 이상국 만해마을 '위원장 동무'가 일러주데

죽으면 개구리가 개구리를 뜯어 먹고 설악의 겨울을 버

티는 개구리들에 대해

죽고 나고 죽고 나서 또 우는 건지도 모를 죽지도 않는

개구리들에 대해

원, 저거 좀 어떻게 할 수 없나, 일러주데

원, 삶도 죽음도 아닌 그걸 뭐 어쩌겠습니까

나는 답하지 못했다 나를, 밤이면 용대천을 꽉 메우고 흘

러가는 어둠의 노도만큼이나

캄캄한 몸에서 치밀어오르는 내장 냄새를

시가 되려고 악다구니하는 악몽들을 잘도 눌러 참았지만,
어쩐 일인지 술을 잊지 못하는 인간이 되어
이삼리 밖 가게에 나가 소주를 사오곤 했다
나 좀 없었으면 좋겠다
누가 나 좀 울었으면 좋겠다
자꾸 목덜미를 쥐는 나무 그림자들을 거미줄처럼 뜯어내
며 나는
내가 무섭다더라, 하지만 삶은 삶도 죽음도 두려움도 아
니다
어서 가 새우깡에 김치보시기로라도 한잔 내려보내야겠다
나는 개구리 울음에 잠 못 드는 개구리 이상도 개구리도
아니다 개구리,
수로에서 나고 죽는 것들의 끝없는 한순간을 돌연 알 것
도 같데

나 취해 누우면 기어나와 용대천으로 강원도로 동해로,
태평양까지 몰려가 전 지구를 뒤덮는 새까만 개구리 울
음들

그래, 세계는 어마어마한 티끌이다 나는 악몽도 즐기자

개구리 울음에 죄다 뜯긴 얼굴을 하고

아침이면 쥐 죽은 듯 고요하기만 한 미친 개구리들을 들

여다보지 않았던가

그래, 산 것과도 죽은 것과도 미치면 된다

개구리는 개구리의 지옥에

나는 한순간 개구리 지옥에 세 들었을 뿐

미치면 좋다, 덜덜덜 떨면서 좋다

지구만한 개구리 눈알 속에 갇혀

돌 던져 엉망으로 깨뜨려도

고요히 지옥으로 아무는 물의 울음에 갇혀

하지만

고독이 안되자 그는 삶을 물어뜯었다
사람이 안되면 사람을,
진심에 지피면 진심을 무찔러야 했는데
삶을 쓰러뜨렸다
죽음이 안되면 죽음을 여의어야 했는데
삶을 버렸다

하지만, 두들겨 패고 저주하고 내쫓아도
기른 개처럼,
삶이라는 거지가 어디 가던가

그는 약하고 포악하다
만졌는지 안 만졌는지도 가물가물한데
물장사 십년에 짝젖이 짝젖으로 늘어진
마담도 곯아떨어진
새벽이다

그에게 미친 것 정신없는 것,

삶은 또 부스스 깨어
쓰리당한 밤길의 여자처럼 멀거니
제 끝없는 사랑을 처다본다
하지만,

하늘이 두쪽 나도 나는
반드시 해야 할 일이 있다
붙잡고 애걸해야 할 원수들이 있다
너를 모른다

황산벌 결사대처럼
제 몸에 병을 긋는 양아치처럼
좀비처럼

그는 다시, 술잔을 든다

구멍가게
중독자를 위로함

마셔도 채워지지 않는 빈 곳,
토해도 나오지 않는 빈 것들과
끝장을 봐버리자고
간밤엔 구멍이 되어 사방으로 끓어넘쳤다

이 동네 아침엔 아직 막히지 않은 샘이 하나 있지
목말라 지폐 몇장 묻은 손을 집어넣으면
생수와 생약과 반짝이는 동전들을 게워주지
차고 시원한 구멍들을 팔지
작은 나뭇잎을 식혀주는 큰 나뭇잎처럼

저녁이 오면, 피가 마른다
구멍가게는 또 몸을 덜덜 떠는 기쁨들에게 병을,
끝장을 팔려고 불을 켠다
작은 나무들을 말려 죽이는 큰 나무처럼

나무는 간다

　나무는 미친다 바늘귀만큼 눈곱만큼씩 미친다 진드기만
큼 산 낙지만큼 미친다 나무는 나무에 묶여 혓바닥 빼물고
간다 누더기 끌고 간다 눈보라에 엉어터진 오징어튀김 같
은 종아리로 천지에 가득 죽음에 뚫리며, 가야 한다 세상이
뒤집히는데
　고문받는 몸뚱이로 나무는 간다 뒤틀리고 솟구치며 나무
들은 간다 결박에서 결박으로, 독방에서 독방으로, 민달팽
이만큼 간다 솔방울만큼 간다 가야 한다 얼음을 헤치고 바
람의 포승을 끊고, 터지는 제자리걸음으로, 가야 한다 세상
이 녹아 없어지는데
　나무는 미친다 미치면서 간다 육박하고 뒤엉키고 침투하
고 뒤섞이는 공중의 決勝線에서, 나무는 문득, 질주를 멈추
고 아득히 정신을 잃는다 미친 나무는 푸르다 다 미친 숲은
푸르다 나무는 나무에게로 가버렸다 나무들은 나무들에게
로 가버렸다 모두 서로에게로, 깊이깊이 사라져버렸다

제2부

가나안

가나안 교회를 어디로 가야 하나요. 그녀는
물었고, 길이 복잡하니 따라오라고 나는 말했다.
마음에 든다는 듯 그녀는 웃었다. 꽃무늬 재킷 전체가 웃
었다.
　서른이 안돼 보이는 여자가 마흔이 넘은 나를
젖과 꿀이 흐르는 약속의 땅으로 가듯
내 생애의 어떤 여자보다도 더 기쁘게 따라왔다.
벚꽃이 지고 있었다. 언덕 밑 자드락길 파밭 지나
골목에 접어들어서도 나는 몰랐다. 놀랐다.
가나안 교회를 얼마나 가야 하니, 반말로 그녀가 다시
물어서가 아니었다. 그녀가 별안간
블라우스 앞섶을 홱 열어젖히고 맨가슴을 꺼낸 채로
달려들어서, 내 목을 끌어안고 매달려서가
아니었다. 문득 여자의 등 뒤에서 여자를 꼭 닮은
늙은 얼굴이 나타나 깔깔대는 알몸을 철썩철썩
때려가며 옷을 입히고, 사과도 없이 허둥지둥
사라져서가 아니었다. 아, 나는 정신없는 몸 앞에서
정신없이 옷깃을 여미는 인간이구나. 나도 몸이었구나.

하지만, 너는 어떻게 그럴 수 있었니. 어떻게 견디지
않을 수 있었니. 벗은 몸이라도 통닭처럼 내던져야 했던
참혹이 있었던가, 다 벗어던지고라도 따라가야 했던
순간이 누구에게는 없었을 것인가, 살 떨리는 그곳이 비록
독과 피가 흐르는 저주의 땅이라 해도.

두부

두부는 희고 무르고
모가 나 있다
두부가 되기 위해서도
칼날을 배로 가르고 나와야 한다

아무것도 깰 줄 모르는
두부로 살기 위해서도
열두 모서리,
여덟 뿔이 필요하다

이기기 위해,
깨지지 않기 위해 사납게 모 나는 두부도 있고
이기지 않으려고,
눈물을 보이지 않으려고 모질게
모 나는 두부도 있다

두부같이 무른 나도
두부처럼 날카롭게 각 잡고

턱밑까지 넥타이를 졸라매고
어제 그놈을 또 만나러 간다

치매였을까

다음 책을 내자고 했다
마치 다음까지 살아 있기라도 할 것처럼
그다음 책도 내자고 했다
쟁, 하고 잔을 부딪치며

그다음까지도 꼭 살아 있을 것처럼 끄덕인
내 얼굴은, 연기였을까
치매였을까
진심이었을까

세상천지, 죽은 주검 산 주검을 누비고 다녀도
무언가, 무언가 날 깜빡
살려놓는다
겁에 질려서도 겁을 잊었다

어디선가 삶의 어여쁜 귀신들이 와서
눈 찌르고 귀 막아주었을까
죽음은 구멍 숭숭 난

치매였을까

나에겐, 무장해제로 무장한
무적의 진심이 있네
죽음밖엔 적은 적 없는데
내 책은 늘 삶으로 가득했네

오일장

모두가 살려고 한다
나는 놀란다

분양 풍선이 긴 꼬리를 늘어뜨리고, 익사체를 찾는가,
물에 찔러넣은 장대처럼 마을을 휘젓는 동안
질세라,
오늘 개업한 뼈해장국집 앞에서 풍선 인형이
사정없이 관절을 꺾으며 춤춘다

오일장에선 모두가 곱게, 미친 것 같다
뭘 팔고 사러 모여드는 난전에, 사는 게 대체 무언가
하는 물음 따윈 없다 살고 산다 여념이 없다
도합 십만원이 안되는 좌판들은 저승꽃들은
온종일 냉이며 쪽파 다듬고,
헐벗은 계산 속으로
기장이며 팥이며 서리태에, 이름도 모를 곡식들을 되면
서도
깎아주면서도 신이 난다

홍정은 엄숙한 것이다

살려고 발버둥 치지 않은 것,
그것이 나의 발버둥이었지만 오일장엔 아예
발버둥이 없다 때 절은 전대와 목장갑 낀 손과
불쑥 고무장갑이 된 손에서
여념 없는 집중이 끓는다
뼈가 다 보일 듯 뼈로 지핀 듯, 고요한 불꽃이 탄다

썼다가 벗고 놓았다 다시 집으며
속옷 풀듯 지갑 열어 셈하고 거슬러 받고
비닐봉다릴 나눠 쥐고 가는 손들에도,
답이 안 나오는 월급봉투에도 뜯어버리고 싶은 가계부
에도
같은 빛의 불꽃이 탄다
세상이 당장 망하기야 하겠나 망해버리라지 뭐

나름대로 반짝이는 반짝이 샤쓰와

만원에 두장 하는 최고급 추리닝 바지가 있다
원산지 불명의 빤스 부라자에
악다구니와 성난 전화 목소리 드높은 길바닥,
도라지 같은 인삼에 인삼 같은 도라지를 벌여놓고
쭈그려, 냄비째 한 끼를 후룩대는
벌건 입김들이 있다

경제는 신기루 같아도 경기는 뼈에 사무치니
녹던 동태들은 다시 얼어 어디로든 또 군 경계를 넘어야
겠지만,
굴러온 대형 마트들은 퍼질러져 긴 밤 잘들 자거라
근심을 근심으로 눌러 죽인 눈빛들,
땅거미에 젖어서도 좌판들은 전의를 불사른다
좋은 것은 헐벗은 계산 속에,
정말 좋은 것은 웃음인 듯 울음인 듯한 떨이 속에 있어야
겠다

사는 게 웬 징역인가 하는

마음 가난한 물음은 가난하다 하염없이 살고 있는 엄숙
앞에서
  나는 어이없는 *대박 나세요*가 싫지 않다
  비루한 *부자 되세요*도 할 수 없다
  아, 좋다, 좋아서 미칠 것 같다
  나는 자꾸자꾸 미쳐서 반드시 삶이 되고 말 것이다
  시장은 근본적으로 본전이어야 하므로
  인간은 한 덩이 허기이므로

  궁핍은 문제가 아니다 주림 모르는 야만보다는
  그러니, 자기를 갉아먹고 쇠약해진 영혼도
  절뚝거리는 물음들 목발처럼 내려놓고
  해장국 한 그릇 말아 넘기고,
  비금 섬초나 서해 꽃게나 생물고등어보다는 더 싱싱해져
서 가라
  호두알만큼 밤톨만큼 초롱초롱해져서 가라

  모두가 살려고 한다

나는 놀라지 않는다

그저 이런 생각을 하며, 헛배로 터질 듯한
풍선 인형 곁을 지나간다
이 생이 이렇게 간절하여 나는 살고 싶으니,
자꾸 죽자 자꾸 죽자
죽기 전에

둥지 위의 것들

언 강에 나간 아이들이 돌을 던지면 두루미들은
달리는 듯 나는 듯 푸드덕거리다가
저만치, 얼음 위에 또 내려앉는다
도약 직전의 종종걸음, 모든 날것들의 비상에는
어딘가 펭귄 같은 순간이 들어 있다

조류는 정말로 저 공룡시대에 네발짐승에서 두발짐승으
로,
새로 진화했을까
포식자의 이빨에 쫓기던 절체절명의 순간에 나무 위로
공중으로 뛰어올랐을까

공중엔 길이 없다 모든 절체절명이 앞발을
날개로 바꿔놓지는 않는다 수만년 수십만년의 발버둥 가
운데,
수백만년의 살육 가운데
어떤 한 줌의 비명이 공중에 구사일생했을 뿐
새들은 발을 잃은 불구가 아닌가

디딜 땅이 없었던 것, 땅에선 안된다는 것,
하지만 새가 아닌 것들에게 공중이란 무엇인가
새가 될 수도, 되지 않을 수도 없는 것들이란
공중에게 대체 무엇인가
포식자들은 의아해할 것이다
저 쇠로 얽은 둥지 위의 것들은 왜 내려앉지 않는 거지?

돌이 날아오면 뛰는 듯 나는 듯 퍼덕거리다가
다시 언 땅에 언 날개를 끄는
저것들은 실패한 진화이다
참혹한 퇴화이다
먹을 것은 죄다 땅에 있지 않은가

디딜 땅이 없었다는 것, 하지만 하늘은 땅의 마지막
살이라는 것
저것은 둥지가 아니다
적대가 세상을 하느님처럼 덮었으므로

적대의 아픔은, 제 살의 까마득한 깊이에 한점
과녁을 뚫는 것

차곡차곡 두 발로 지상을 걸어 올라가
내려올 줄 모르는 인간 새들을 보며,
저 둥지 위의 것들은 왜 날개를 만들어 붙이지 않는 거지?
피 묻은 깃털을 입에 물고 포식자들은 웃을 테지만

기적

중학생이 된 조카가 교과서를 들고 와서
이건 뭐고
저건 뭐냐고 묻는다
대답을 못하겠다

살아보니 나 같은 건 한없이 정신이 박약해지고
사람을 멀리하고,
죽어가는 짐승처럼 사납더라
꿈은 사라지고
믿지 않고,
아무 몸이나 안을 수 있더라

교과서 같은
경전 같은
기적은 없더라

이렇게 분명히 정리된 기적을
여러권 가지고 있으니

조카여, 너는 행복한 시절이다
지난달에도 일등을 했다 하니 너는
먼 훗날 꼴찌로 졸업하겠구나

재작년까지도 싼타는 있다고
반 아이들 전부와 맞섰던
조카여, 진심을 말하자면, 네가
자빠지고 엎어지고 무르팍이 깨지면서도
꿋꿋이 교과서 속을 걸어가서
끝내 기적이 되었으면 한다
졸업 같은 거, 하지 말았으면 한다

원수들

인공위성이 찍어 보낸 한반도
사진 오른쪽은 어둠이고 왼쪽은 빛이다
그 사이, 용접 불꽃 지나가는 자리처럼
벌겋게 세로선이 나 있다
대한민국 경기도 남양주시 내각리에
아침은 밝아오는 건지
밤이 또 찾아오는 건지 잘 모르겠지만 바싹
다붙어 있다
저 흐릿한 경계는 우리가 노상
희망이라고도 절망이라고도 부르던 것이다
누군가 제집 문을 열고 들어가는 때거나
선거 끝난 십이월 긴 밤 지새우고,
이 모와 그의 암담한 주당들이
술집 문을 나서는 때일 것이다
제집이든 술집이든
인간이 만든 하느님의 눈으로 보면
희망은 절망의
절망은 희망의

스토커다
증오하는 사랑들이다
사랑하는 원수들이다
황혼이든 새벽이든
절망이든 희망이든
물샐틈없는 세로선이 스캔하듯
지구 전역을 훑고 간다

깊은 계곡 응달의 당신

주말 등산객들을 피해 공비처럼 없는 길로 나아가다가
삼부능선 경사면에 표고마냥 돋은 움막 앞에서
썩어가는 그것을 만났다 나는 놀라지 않았다 그것도
놀라지 않았다 몸이 있어 있을 수 있는 광경이었기에
이미 짐승들이 뜯고 찢어 너덜너덜한 그것 곁에 찌그러
진 양푼 곁에
불 꺼진 스탠드처럼 어둑어둑 소나무 그늘이 드리웠기에
나는 쭈그려 담배를 피우며 아, 여기는 저승 같네 하면서도
정시하진 못했다 아직 시체와 눈 맞는 인간이 되어선
안되었다 그것이 자기를 잊고 벌떡 일어나선 안되었다
사실 파리는 윙윙거리고 구더기들은 들끓었다 구더기들은
다시 파리가 되어 피를 빨고 알을 슬어 헐렁한 음부나
가슴 밑에 또 구더기를 키우고 있을 터였다 그러면 저것은
죽은 것인가? 그렇다고 대답했는데 그것이 고개를 약간
갸웃했다 나는 이해했다, 저 몸은 이 산의 압도적인 응달
안에서
개울물과 함께, 독경 같은 새소리와 함께 뒤척이고 있지
않은가

그렇게 검은 흙과 푸른 잎에 숨 쉬듯 젖고 있지 않은가
금방도 꺾였던 무릎을 슬며시 폈다, 이것은 산 것인가?
나는 답하지 못했다 고개가 또 혼자 갸우뚱했다
생이 한번 죽음이 한번 담겼다 떠난 빈 그릇으로서
이것의 마른 몸은 지금 축축하고 혈색도 체취도 극악하
지만
죽은 그는 다만 꿋꿋이 죽어가고 있다 무언가가 아직
건드리고 있다, 검정파리와 구더기와 송장벌레와 더불어
깊은 계곡 응달의 당신은 잠투정을 하는 것 같다 귀가 떨
어졌다
당신의 뺨은 문드러졌다 내장이 흘러나왔다 놀랍게도
당신의 한쪽 팔은 저만치 묵은 낙엽 위를 혼자 기어가고
있다
그것이 닿는 곳까지가 당신의 몸일 것이다 끊겼다 이어
지는
새 울음과 근육질의 바람이 이룩하는 응달까지가 당신의
사후일 것이다 고통과 인연과 불멸의 혼을 폐기하고 순
결히

몸은 몸만으로 꿈틀댄다 제가 몸임을 기억하기 위해 부릅뜨고

구멍이 되어가는 두 눈을, 눈물처럼 벌레들이 괸 그곳을

곁눈질로 보았다 그것은 끝내 벌떡 일어나지 않았지만

죽음 뒤에도 요동하는 요람이 있다 생은 생을 끝까지 만져준다

나는 북받치는 인간으로 돌아와 왈칵왈칵 토했다 아카시아

숲길 하나가 뿌옇게 터져 있다 자연이 유령의 손으로 염하는

자연을 세번째 본다 이 봄은 울음 잦고 길할 것이다

절망

절망은 거세를 모른다
주검이 몸을 알아보지 못하듯이

안동대교에 차 세우고 석양을 보니, 명절 연휴는 무슨
명절 연휴란 말이란 말인가, 소 돼지를 잡듯
물의 멱을 따고 강의 배를 가르는 피바다

이 원한은 사람의 원한이 아니네
강의 뼈를 부수고 물의 내장을 긁는 형장

원한도 분노도 복수도 없는
이 절망은 인간의 절망이 아니네

투명

세상이 내게 아무런 관심이 없었다는 사실이
위로다
집 팔고 세 얻어 휴일에 이사하는데,
동네에서 동네로 옮겨가는데
아무도 알아보지 못한다

희망 따위로 여기 살진 않았지만
나도 모를 열망에 휩싸여 중얼거리다 문득
집을 잃었지만,
집이 무기인 시절에
십년 면벽이 희망 익스프레스에 실려가는 걸
대낮의 아파트만 천개의 눈을 뜨고
멀뚱멀뚱 내려다본다

투명 이불 투명 책상 투명 바가지 투명 옷
야반도주하십니까
훔치는 중이십니까, 물어주길
바랐지만, 바라려고 애썼지만

내가 아무에게도 관심이 없었다는 사실이
위로다
투명인간은 땀을 뻘뻘 흘렸다!

괜찮다, 새집엔 빈 벽이 많다
사라진 짐들은 밤이면 나타나리라
나도, 나타나리라
장물아비처럼 낯선 거실에 앉아
투명 소주를 마신다

사랑 아닌 것이 되어

그녀는 힘내어 물어본다
말을 안하는 사랑 앞에서

밥은 제때 챙겨 먹니
아픈 데는 없니
돈은 있니

사랑이 차고 넘치는
사랑 아닌 것이 되어

사람이 되어 달아나버린
이상한 人形 앞에서
더러운 골목에서

그녀는 젖 먹던 힘을 짜내어
젖 먹이던 힘까지 짜내어
물어본다

아직도 그년한테서 전화가 오니

타이슨

양발 양 무릎 양 팔꿈치 머리
일곱 흉기를 봉인하고
남은 두 손엔 솜뭉치를 끼우고
복서는 싸운다

그래서 권투는 불구의 격투지만
그래서 불굴의 격투지만
그래서 권투는 무의식의 파이트

피범벅이 되고 의식을 잃은 채로 고꾸라지고
그러다 식물인간이 되고
죽기까지 하면서도
링 밖으로 도망치거나
발길질을 하는 복서를 본 적 없다

룰은 권투의 아버지
복서의 하느님이니까

하지만 권투는 무의식의 파이트
나는 공포에 질린 복서의 짐승이
제 하느님을 찢고 나오는 걸 본 적이 있다

그가 발도 무릎도 머리도 아닌 이빨로
이제 이름도 기억나지 않는 챔피언의 귀를
물어뜯었을 때

쓸쓸한 계산

태양에서 지구까지는 1억 4960만 킬로미터,
빛이 8분간 가는 거리다
태양에서 명왕성까지는 광속으로 7시간,
지구-태양 간 거리의 약 50배인
74억 킬로미터다

태양계에서 가장 가까운 항성은
켄타우루스座 프록시마星으로
오르트 먼지 구름 너머
4.3광년 거리에 있다고 한다
프록시마는 태양-명왕성 간 거리의
약 5370배나 떨어져 있다
무인 우주선 보이저 1호는 12년이 지나
명왕성 궤도를 겨우 넘어갔다고 한다

태양계가 당신 식탁 위의 과일 쟁반이라면
프록시마는 10리 밖에 있다
태양계 속 한점 티끌 지구를

당신 책상 위의 지구의 크기만큼 줄이면
명왕성은 500리 밖에,
가까운 별 프록시마는 160만 킬로미터 떨어져 있다

수천만, 수십억광년 밖 우주의 끝에
뜻밖에 신이 있다 해도
눈에 띄지도 않을 지구의 속에서
눈에 띄지도 않는 비행기를 타고
KTX를 타고 시내버스를 타고 꼬물거리는 당신,

눈에 띄지도 않는 바다와 사막을 번개처럼
꼬물거리고 가서, 신의 은총 속에 요란뻑적지근하게,
귀에 들리지도 않게 악의 축을 폭격하고
전 지구를, 아니 전 지구의를 번개처럼
꼬물꼬물 기어다니며 의기양양해하는 당신,
벌레를 해치는 벌레인 당신
을 연민하다가도 생각해보면,

이렇게나 작은 곳에서,
작다고 말할 수도 없는 곳에서
그러니까 있다고 말할 수조차 없는 곳에서
당신은, 나는, 너무도 확실하게
있다, 아 이렇게 어지럽고 확실한 곳에서
나는 또 귀신이 나올까봐 집에도 못 들어가고
골목 어귀 포장마차에서 한잔하고 있다.

너무 작아서 아예 아는 바가 없는
내장 속의 마이크로코스모스,
너무도 확실하게 날뛰는 술 벌레들을
벌겋게 달아오른 나는,
벌레를 그리워하는 벌레인 당신과 나는
부인하기가 정말 어렵다.

천안
유령 5

어뢰였으면, 차라리
수중 폭발로 인한 버블제트였으면
전광석화의 두 동강이었으면

보복이 보복을 부르는 전쟁이 나건 말건
69시간이 아니라 6.9분이었으면
6.9초였으면

중계방송 따위가 없었더라면
구조 없는 구조 속보가 안 들렸더라면
사고든 사격이든 사기든,
깊은 사색이든

뭘 밝히는 중이냐
뭘 덮는 중이냐, 상관없이, 나라?
서해가 마르고 닳건 한반도가 가라앉건 그 나라가 망하
건 말건

숨 없는,
한순간이었으면

아비규환이 될 겨를도 없었을 0.69초였다면
유령이 될 수도 없었을
0.069초였다면
섬광이었으면 그냥,
끝이었으면

육백구십일 같은
육십구년 같은
69시간만 아니었다면
69시간이라고, 알려주지만 않았더라면

하늘 아래 가장 안전한 곳,
天安에 내려야 하는데
天安을 지나쳐야 하는데

초청 강연도 시와 트라우마도,
빗줄기도 참이슬 후레쉬도 아우성도 다 함께
머리 풀고

天安에 내려야 하는데
天安을 벗어나야 하는데
天安에 닿아야 하는데

유언

"만약에 죽은 뒤 다시 환생을 할 수 있다면 건강한 남자
로 태어나고 싶다. 태어나서 25살 때 22살이나 23살쯤 되는
아가씨와 연애를 하고 싶다. 벌벌 떨지 않고 잘할 것이다."

〈권정생어린이문화재단〉에는 오랜 선배 안상학 시인이
선생의 뜻을 기리는 일을 맡아보고 있어
안동 가면 거기 들러 원고도 쓰고 놀기도 한다

저 말은, 선생 유언장의 한 대목이다
의미도 유머도 있고 슬프기도 하지만
읽다보면 슬픈 건 나다
산 것은 진 것,
슬픔을 다 걸은 사람의 슬픈 글은 정말
유언처럼 차다

사람은 허전한 것이다
별로 건강하지도 않은 남자로 태어나
스물도 되기 전부터 연애를 일삼으며 살았다

벌벌 떨면서

내생의 연애와 무슨 관계가 있는진 모르겠지만
선생은, "용감하게 죽겠다"고도 썼다
양면괘지에 볼펜으로 또박또박 적었다

나는 걸핏하면 아프지도 않고
사랑에 빠지지도 않고
환생은 없을 것 같으니
용감하지 않게,
용감하지 않게 죽겠다

아프면 안된다던 말

아프면 안된다
아프지 말아야 한다

아프면 앓고,
앓다가 숨 멎으면 내다 묻는
그런 곳 그러한 세월에
아프면 안되었다
아프지 말아야 한다고
아픈 듯 슬픈 듯 다짐받던
식구들 번갈아 앓아눕고
픽픽 쓰러지는 동안
나는 한번도 앓아눕지 않았다

마흔도 한참 넘어 처음 몸살에 시달릴 때
귀신한테 깔려 매 맞는 것 같던 때

아픈 사람이, 아프면 안된다니
당신 날 웃기려는 거지?

그녀가 말했다
그렇게 헛소리한 게 맞았을 것이다
정신없이,
나는 아프지 않았다

식구들 생각난다
아프면 안되다니,
그런 코미디를 하면서도
웃지도 않고 살다 간

쇠똥구리야

똥 가지고도 생활은 되는 것인가
쇠똥 경단을 굴리고 가는 쇠똥구리

똥을 먹으면서도 긍정은,
덮고 자고 똥 속에 똥을 누면서도
원만은 범벅같이 가능한 것인가
물구나무서서 뻘뻘뻘 밀고 가는 쇠똥구리

나는 원만이 되기 위해
날 짓밟고,
인간이란 것이 되려다
짐승 탈을 썼는데

쇠똥구리야, 쇠똥구리가 되기 위해
어쩌면 그렇게 눈곱만큼도 노력하지 않니?
쇠똥구리야 너는 희망이 필요 없는 희망,
나는 절망이 필요한 절망일까?

똥도 귀해져서
현저히 개체 수가 줄었다는데,

엎어지고 뒤집어져도 그저 한 모습
둥글게 둥글게 둥글게
죽음이 대체 무슨 말이란 말인가
멸종의 길은 한없이 소중하고
그래서 조금도 아까울 것 없고

쇠똥구리야, 너는 아무런 노력도 없이
아무런 위생적인 슬픔도 없이

두 악마

아침에 눈뜨면
어떻게 살까
생각하는 사람은
내가 아니다
아침을 눈감고,
어떻게 죽을까
생각하는 사람도
내가 아니다
가택침입한 두 악마다
배를 타고 앉아
사납게 싸운다
악마를 물리치고 얻는
매일매일
원수를 사랑하고 얻는
매일매일

내려놓는다

역도 선수는 든다
비장하고 괴로운 얼굴로
숨을 끊고,
일단은 들어야 하지만
불끈, 들어올린 다음 부들부들
부동자세로 버티는 건
선수에게도 힘든 일이지만, 희한하게
힘이 남아돌아도 절대로 더 버티는 법이 없다
모든 역도 선수들은 현명하다
내려놓는다
제 몸의 몇배나 되는 무게를
조금도 아까워하지 않고
텅!
그것 참, 후련하게 잘 내려놓는다
저렇게 환한 얼굴로

한점 배후도 없이 나무는

주먹 쥔 손을 내밀고 나무는
자욱이, 서 있다
쉼 없이 멈춰 있다
싸우지 않는 싸움꾼처럼
잔매가 쌓이듯 마른 몸에 내리는 눈발을
삭풍이 달궈놓은 팔뚝으로 받는다
싸움꾼은 저렇게 무방비 상태로 설 수 있어야 한다
저렇게, 싸우지 않을 수 있어야 한다
저렇게 싸워야 한다
내릴 수 없는 백기를 들고
나무는 빈 들판에 서 있다
대지를 섬광처럼 한바퀴 돌고 와서 고요하다
뿌리째 떠돌아도 제자리에서
터질 듯, 가만히 숨 쉰다
나무의 적은 얼굴을 드러낸 적 없는 세력
빈 들은 이글거리는 뿌리들을 비끄러맨다
바람은 잡념의 가지들을 조각조각 부러뜨린다
나무의 정권들이 나무 속으로 들어간다

나무는, 오직 나무로 지워진다
한점 배후도 없이 나무는
삭풍과 눈보라와 흙먼지의 백만 대군을,
백만 대군을 호령하는 무한의 지평선을
한그루 장창으로 막아선다

제3부

사랑의 하인

물에 빠져 죽는 물고기처럼
말의 홍수에 휩쓸리면서도
한마디도 알아듣지 못하는
말의 기근
돌 속으로 들어가지 못하는 돌처럼,
사랑의 난폭한 주인들

더듬거리면서도 자꾸만
더듬거리려 하고 있었다
사람에 빠진 사랑이 되어
안고 있었는데, 더 멀리
안겨 있었다
돌 속에 들어가 누운 돌처럼
사랑의 하인이던 때는 좋았다

사랑의 발명

살다가 살아보다가 더는 못 살 것 같으면
아무도 없는 산비탈에 구덩이를 파고 들어가
누워 곡기를 끊겠다고 너는 말했지

나라도 곁에 없으면
당장 일어나 산으로 떠날 것처럼
두 손에 심장을 꺼내 쥔 사람처럼
취해 말했지

나는 너무 놀라 번개같이,
번개같이 사랑을 발명해야만 했네

슬픔이 하는 일

슬픔은 도적처럼 다녀간다
잡을 수가 없다
몸이 끓인 불,
울음이 목을 꽉 눌러 터뜨리려 하면
어디론가 빠져 달아나버린다
뒤늦은 몸이 한참을 쫓다 시든다
슬픔은 눈에 비친 것보다는 늘
더 가까이 있지만,
깨질 듯 오래 웃고 난 다음이나
까맣게 저를 잊은 어느 황혼,
방심한 고요의 끝물에도
눈가에 슬쩍 눈물을 묻혀두고는
어느 결에 사라지고 없다
슬픔이 와서 하는 일이란 겨우
울음에서 소리를 훔쳐내는 일

달

아버지, 속 아프고 어지러운데 소주 마셨다. 마셔도 아프
다 하면서 마셨다. 한해에 한 사흘, 마셔도 많이 아프면 소
주병 문밖에 찔끔 내놓았다. 아버지 쏟고 싶은 건 다 쏟고
살았다. 망치고 싶지 않은 것 다 망치고 살았다. 그러다 하
루 소주 한 됫병으로 천천히, 자진했다. 조용한 아버지가 좋
다 죽은 아버지가 좋다. 아, 그러나 텅 빈 지구에 돌아온 달
처럼 덩그러니 앉았노라니, 살았던 아버지가 좋다. 시끄럽
게 부서지던 집이 좋다. 아버지 평생 농사 헛지었다. 나는
어둠이 좋아 허공을 갈고 다녔다. 달 하나로 살았다. 문득
문득 겨울 들판처럼, 글자를 다 잊어버린 지구의 어머니가
있다. 공구 같은 손이 또 시집 그 거칠고 어지러운 것을, 고
와라 고와라 쓰다듬는다. 점자를 읽듯 죽은 자식 불알 만지
듯. 호두나무 가지에 찔려 오도 가도 못하는, 뚱그런 보름달
헛배.

골 때리는 어머니

닌 누구로? 영감은 어디 갔노? 찬이 온다
당신이 틀니를 본색처럼 드러내고 날 밀칠 때
꼽추같이 도사릴 때

골 때리는 어머니,
당신이 어디론가 가버린 게 아니라
제가 낯선 인간으로, 아버지로 형으로 바뀌었을 뿐이에요

나는 착합니다, 얼굴이 팥죽처럼 시뻘게져서

그러니까 당신이 사라진 게 아니라
숨죽였던 당신의 진짜가 나타난 거죠
나는 눈앞이 캄캄한, 가짜입니다

당신은 아직 제 외가에서 성장 중이고
부푸는 열여덟이고,
오빠! 하고 외친 어머닌 방금 어딘가로 먼 열차 대합실로
가출해 있습니다, 당신의 로맨틱에

하하하, 내가 울 때

마하반야밀은 삼천갑자 동방삭이고
부석사는 개척교회 맞고요
빗속을 박대통령이 날아오고 있고
앞산의 할머니가 이, 이, 나쁜 년일 때

아침엔 외양간에서 끌려나오지 않으려고 버티고
저녁엔 외양간에 들어가지 않으려고 황소고집 부리는
소가 되셨어요
제가 움메, 움메, 불러도 될까요

한사코 어디론가 가야 하던 어머니가 별안간
한사코 바위처럼 착하게 버티기로 하셔서
좋아요, 아주 좋아요

어머니가 사라지자 나타난 골 때리는 새어머니가
멀거니 날 봅니다

앞발을 혀처럼 내밀어 목이며 이마를 핥습니다
이제 막 낳아서 처음 보겠다는 듯

아버지의 꽃 같은 얼굴

옛날 사진첩 속 아버지는 미남이다
흑백 시대라고 폄하하기 곤란할 정도로
아버지는 교복도 입고
넥타이도 매고 다녔구나
라이방도 썼다
나보다 키가 작고 얼굴도 작고
불알은 조금 더 컸던 아버지
혼례 날 신부 집으로 가던 능수버들 길에
무슨 남자가 저리 꽃 같노, 하는
한숨이 자욱했단 건 할머니 입버릇이었지만
입버릇엔 다 이유가 있을 테지
과연 저 피어나는 얼굴엔 주림도 주름도
발광도 아직 찾아오질 않아서
꽃 같았을 수도 있었겠다
꽃 별로 좋아하지 않던 아버지
컬러 시대로 바뀌는 무렵부터
역력히 어두워져가는 아버지
얼룩덜룩 슬픔을 한꺼번에 다 들키는 아버지

술 취해 정신을 놓고 리어카에 실려오던 어느 날에,
한번 나간 정신이 돌아오지 않던 날에
인생이 금 가고 짜부라지는 순간이 왔을 것이다
아니, 순간이라는 것이 그렇게 만들었을 거다
그의 거듭된 불운도 순간이고, 나도
형제들도 어머니도 다 그의 순간이었겠지만
순간이란 그런 것일 테지, 골똘히
제 목을 제가 죄는 시간이었을 테지
두메산골 자포자기 스타일이었는지도
유전적 불구 같은 것인지도 모른다, 하지만
아버지의 가장 짐승 같은 순간이 아버지
자신이었다는 것에 이견은 없었으니
이 깊은 밤 또 나타나 날 깨운 그는 내게 순간일 수도,
순간이 아닐 수도 있을 테지
제 손으로 제 몸을 염하듯
그는 최후엔 오직 자기만 움켜쥐고 파먹었었다
나는 본다, 한때 나와 가장 닮았던 웃는 사람을
물려줄 닮음의 표정들이 더 남았다는 듯

사진을 기다리는 빈 페이지들을
아버지였던 아버지,
아버지였던 것 같은 아버지,
검은 것은 외려 덜 검고 흰 것은 더 가만히 흰
꽃 같은 흑백의 시간에서 왔다가 그는 또 돌아간 것이다

삼월

요리사는 참돔의 숨엔 눈길도 주지 않고
살점만 베어낸다 핏기 없는 칼을 닦는다
두 눈을
끔벅거리는
죽은 몸을 담아온다

겨우내 하느님은 차마 칼을 못 쥐더니
횟집 앞 늙은 느티의 검은 살을 쓸고 있더니
한점도 다치지 않고
추운 목숨만
꺼내가셨다

첫눈

사랑이 사람이 되듯이
사람으로 힘없이 내려앉고 말듯이

질척이는 골목에 털썩털썩
몸 부리는 눈발들

움푹, 안아줄 발자국도
덮어줄 발자국도
나서지 않는 새벽

골목이 젖은 살을 얼린다
엔다

사람이 사랑이 되듯이
사랑으로 다시 한발짝 올라서듯이
몸 쌓는 눈발들

골목의 키가 자란다
바닥에, 바닥에 가슴이 생긴다

천국

봄꽃 그늘 지날 때
먼 것들, 모두 지척에서 숨 쉬고
숨 거둔 것들은 돌아와 심장에.
나는, 나는 저 흰 꽃의 깨끗한 흰빛이
참 마음에 드네.
신은 아무래도 이곳을
천국으로 지은 것 같으다.
사람이 낳는 괴로움 아니라면
고통은 받아들일 수 있네.
사람이 짓는 괴로움도 칼 받듯 하얗게
봄날엔 받을 수 있네.
우주는 다 하늘이고
지구는 하늘의 작은 별나라.
꽃 피듯 생이 제 혼몽을 젖히고
죽은 것들 꽃향기에 받아 적시는
반갑고 서러운 해후가 있어,
그늘이 희게 살찌는 날.
아무래도 신은 이곳을

천국으로 지은 것만 같으다.
아이 손에 부서지는 장난감처럼
천국은 오래 천국을 망치는 손안에 있었지만
하얀 그늘 하얗게 지고 나면
이곳은 또 천국의 지옥일 테지만.

아득한 전생

내가 당신을 사랑했다면
여기, 없겠지요
별안간 목련 그늘이 다정히
문 열어준 빛의 길로 걸어오는
추억을 보고 있지 못하겠지요
내가 당신을 사랑했다면
어디선가 본 듯한 그가 저만치
하얗게 앉아 있는
부활 이후이고,
쇠 빗장 속 흐르는 고요이고
당신은 아득한 전생이겠지요

놀았다고, 놀고 있다고 해야겠지만

놀았다고, 놀고 있다고 해야겠지만 사방에서 현실이 습격해오는데, 저 좋아서 운동하는 아마추어같이 몽매를 즐겼다고, 마시면서 놀고 부르면서 놀고, 출근하며 놀고 먹으면서 놀고, 세상모르고 오늘 모르고 놀았다고 해야겠지만

길목마다 잠결마다 악몽이 솟구친다 노는 건 숨차다 가랑이가 찢어지려 한다고, 함락 직전이라고 할까 정신을 차려야지 정신이 들지 말자 절교당하며 놀고 졸려 죽겠는데 놀고, 주리면서 놀고 옥을 짓고 놀고, 마지막 잎새처럼 폭탄의 안전핀처럼 놀았다고 해야겠지만, 잠시만 잠시만 더 놀며 썼다고, 겨우겨우 놀면서 쓴다고 해야겠지만

내 놀던 해방구들은, 명절 인파 붐비는 터미널 공중변소 안 같다고나 할까 고장나 자꾸 열리는 문을 한 손으로 당기며 엉거주춤 다른 손으로 뒤를 씻다가, 옷이며 손에 그만 똥도 묻히고 마는, 그러다 에이 시팔, 벽에다 왈칵 문질러 닦기도 하는

인질범

십년을 쓰던 의자를 내다버리는 아침
세상도 버려온 내가 가구 따위를 못 버릴 리 없으니까,
의자를 들고 나가 놓아준다

의자도 버리는 내가,
십년을 의자에 앉아 생각만 했던 사람을
버리지 못할 리가 없으니까
사람도 안고 나가 놓아준다

이것은 너른 바깥에 창살 없는 새 감옥을 마련해주는 일
이제 그만 투항하여
광명 찾자는 일

늙은 의자는 초록 언덕 아래로 실려가고
고운 얼굴, 風樂처럼 공중을 날아간다

잘 가라, 탈출이라곤 모르던 인질아
인사하면

잘 있어라, 포기라곤 모르던 인질범
답례하며

사정을 말하자면,
내게는 겨우 새 의자가 하나 생겼을 뿐이나
사정을 숨기자면,
다시, 투항이라곤 모르는 인질범이 되었을 뿐이나

정물

늘은 인생 늘은 마음 늘은 가을 벌판에
어디로 가자는 건지,
외갈래 산책로가 아물거리고 있다
정물이 되고 싶다

길이란 누누이 어지러운 발걸음일 뿐인데도
가면 가봤던, 달고 비린 살의 노선일 뿐인데도
길섶의 나무와 풀꽃은 참 고운 발광으로 노랗게,
몸 떤다

당신을 회피하지 않고 당신을 지나갈 수 없을까
당신을 회피하면서도, 지나가지
않을 순 없을까
그걸 혼자선 모르겠는 내게는
바람도 길도 나무도 다 벌건 동물이어서,
마음이란 것도 건드리면 꿈틀대는 하등동물이어서

화장 고치고 나타난 얼굴처럼 여긴 다시

처음 와보는 길?
늦은 것엔 다 이유가 있지만, 저 길을 또 아롱대며 걸어와
눈멀어라 뺨 부비는
이 볕은 그럼 마지막 볕?

모르는 마음,
모르고 싶은 마음의 다디단 괴로움을 길은
제 시든 찬란으로 지그시 재어보지만,
모름 이전에 이미 와 있는 앎을 모를 리 없는
지친 계몽의 몸,
더는 몸이 아니라는 듯 주춤거린다

헛되고 헛된 황금빛 찬란은 어지럽지만, 어지러워서
숨지도 벗지도 않고 싶다고
시월 햇빛 난반사하면서도 속은 탱탱 비운
저도 처음 보는 정물이고 싶다고

동구릉

작년에 죽은 나무가 부스스 깨어
오는 비 가는 비를 태연히 맞고 있다
올해도 딱따구리가 맹렬하게 쪼아대는
우듬지를,
허리춤의 다람쥐가 놀라 치어다보는 동안
나무는 슬며시 그림자를 늘여
진달래 개나리 꽃망울을 건드려본다, 순한 개처럼
오가는 종아리들 사이로 목을 디밀어도 본다

희망에 부푼 당신,
희망 없이 검게 뛰어다니던 당신의 당신들도
죽은 나무 아래 빈손으로 오라
비는 손으로 오라
죽어보려고,
간신히 갓길에 차 빼내고
다시 피가 녹는 얼굴로 오라
산 채로 죽어보는 건 커다란 일이다

당신이 오늘 견딘 건 죄다
견딜 수 없었던 것들
죽은 나무 죽은 무덤,
죽은 웃음들의 동영상 속으로 들어가볼까
죽어서 깨어나보는 오랜 초록의 길
묘비처럼 여기저기 돋아나볼까
새싹처럼 그늘에 꽂혀,
내일 숨을 쉬어볼까
어쩐지 산 것들과는 잘 안되는 당신

시인님

시인님이라고 쓴 소포들 책들
시인님이라고 부르는
인터뷰어들
청탁 전화들

그의 꿈꾸는 어질머리와
이무는 가슴
거친 두 발 중에

사타구니를 타고 오르는 벌레처럼
동냥그릇에 떨어지는 동전처럼
시인님은, 대체 무엇을 높이려는 말일까

시인님이 되느니
땅끝까지 실종되고 말겠다
시인님이 되느니
살처분당하는 분홍 돼지가 되겠다

높이지 않아도 시인은
만장처럼 드높으므로
아무리 높여도 시인은
끓은 상주처럼 낮으므로

폐인 애인

여든 다 돼 귀신 냄샐 풍기는 노시인들 앞에서
장하십니다, 어떻게 평생 동반자 폐인을 물리치고
노시인에 이르셨습니까?
물어보려다 말았네
존경의 염 때문에

약관에 명편을 남기고 떠난
옛날의 어린것들을 배우고 익힐 때
장하다, 니들은 어떻게
얼마 사귀지도 않은 애인과 죽고 못 살아
끝장을 봤니?
그 死穴들 나도 몸에 찍고 싶다
고백하려다 말았었네
존경의 염 때문에

문제는 내가 사귀어온 애인들,
어머니에서부터 귀신들까지에
이 폐인 애인이 가세한 일부다처제를

어떻게 업어 달래느냐이고

이혼장을 가슴에 넣고 퇴근하던 황혼처럼
문제는 결국,
사느냐 마느냐이다

뒷밭

어머니가 아는 시인이라곤 방랑시인 김삿갓이 전부다 뒷밭이 알려주었다 뒷밭은 뜨겁고 목마르고 무서웠다 트랜지스터라디오를 이 고랑 저 고랑으로 옮겨 들고 다니던 시절〈김삿갓 북한 방랑기〉는 인기 프로였다 뒷밭은 하염없이 젖었다 삿갓을 쓰고 빗속에서 고추를 따며 어머니는 그의 객사만을 기억했다

뒷밭이 우릴 먹여주지 않니 시인은 싫다 너는 학교에서 라디오도 타왔지 않니 취직도 안하고 출세도 안되고 시인이 되어 내려갔을 때는, 나는 네가 시인만은 되지 말길 죽바랐다, 이젠 객사하지 말라고 기도해야겠다, 어머니는 말했다 나보다 더 어두운 짐승, 어머니께서 말씀하셨다 시인이 되지 말자고 다짐했다 뒷밭이 북풍한설이어서 굳게 다짐했다

시인이, 나는 아니다 언젠가는 가짜를 들킬 것 같아 두렵다 어쩌다 어머니 말을 잊어먹을 때면 그 짐승이 불쑥 머리를 내밀기도 한다 그때 깊이 눌러 감추어버렸던 시인이란 것을 들킬까봐 또 나는 무섭다 세상 모든 밭들은 왜 다 기근인가 객사 얘기는 그만하세요 뒷밭은 언제나 우릴 굶겼

어요 저는 그냥 방랑만 하는 거예요 시늉만 하는 거예요

붕어빵

시만 생각하면 참, 닫힌 문을 밖에서 속절없이
두드려왔구나, 싶다가도 마음 찔린다, 나는
미궁에 갇힌 시에게 무슨 다정한 말 한마디 건넨 적 없고

단팥도 넣고 크림도 넣는 동네 붕어빵 노점 여자가,
흔히는 단팥빵 주세요 하면 크림빵 내주고
드물게는 크림빵 주세요 하면 단팥빵 주듯
잘못으로라도, 무엇 하나 시에 바친 적 없다

세상 단맛 벌써 알아, 어미 옷 쥐고 칭얼대다
붕어도 없는 붕어빵 사내라고
한길에 드러누워 악쓰는 코흘리개처럼
피 한 방울 섞이지 않은 시에 떼나 쓰고
죄 짐 맡은 듯,
자해 공갈이나 일삼았으니

끼니라곤 부르기 어려운 무른 풀빵을 씹으면서도
다디단 붕어 내장에 속았다, 입맛 다시면서도

깨진 독에 그저 물이나 부었구나,
그런 생각 무서워서 못한다

노점 여자가 종일 빵틀에서 죽은 붕어를 건져올리듯
반평생 나는 시를 카피했을 뿐이지만, 사실은
나도 모를 일인 것이다, 아주아주 드물게는
시가 건넨 붕어빵에 정말 붕어가 들어 있었던 건지도

시인이여

모든 말을 다 배운 벙어리
혀 잘린 변사
말할 수 없는 것을 말하려고
시인이여, 젊어 늙는다
사랑 없는 사랑 앞에 조아리고 앉아
어서 목을 쳐주길 기다리는
사랑처럼
한 말씀만 비는 기도처럼
말 모르는 그것에게
버림받지 않으려고
시인이여,
늙어서도 힘내어 젊는다

물푸레나무같이

당신이 한낱 사람의 몸 사람의 말로 날 죽여
나는 음 사월 물푸레나무같이 푸르렀습니다
푸르고 튼튼하게 병났습니다
물푸레나무 곁에서 춤추는 물푸레나무같이
기쁨을 못 이겨,
나는 당신이 한없이 외로웠습니다

당신은 한낱 사람의 말 사람의 몸을 그쳐
날 다시 살려내고,
사랑 없는 사랑이 되어 떠났습니다
마른 가을이 살찐 여름을 단숨에 쓰러뜨리듯
나는 모든 기쁨을 힘없이 무찔러 이기고,
음 시월 물푸레나무같이 시들어 병 나았습니다

어둠의 기도와 원한 없는 사랑의 몸

함돈균

몸으로 시를 쓴다는 말

몸으로 시를 쓴다는 말은 무슨 뜻인가. 김수영의 '온몸의 시학' 이래 이 말은 유명한 시론이 되었지만, 이만큼 알 듯 말 듯한 시론도 드물다. 물론 그전에 이 시학의 특허권이 김수영에게 있는 것은 아니라는 사실부터 지적해야 할 것이다. 육체의 발견이 이루어진 현대의 문제적 시인들은 어떤 방식으로든 몸에 근거하여 시를 써왔다. 하지만 널리 유포된 이 견해는 여전히 풍문처럼 모호한 데가 있다.

사실 동서양을 막론하고 지혜와 육체, 말과 몸의 관계는 조화로운 것으로 이해되지 않는 경우가 더 많았다. '말'과 '지혜의 빛'을 동일한 단어로 명명한 채 혼신의 힘을 다해 섭리에 도달하려고 했던 서양의 옛 현자들이 육신을 질곡으로 이해했던 예를 떠올려보자. 여기에서 지혜의 빛은 회

복되어야 할 기억을 통해 도달할 수 있었는데, 이는 궁극적으로는 육신의 죽음을 통해서나 가능한 것이었다.

이영광의 네번째 시집 『나무는 간다』에는 짐승의 비릿함과 사람의 고독, 시인됨의 긍지와 부끄러움, 사랑과 역사가 교차하는 밀도 높은 시의 몸이 있다. 결코 몸 바깥으로 새어나가지 않는 비명을 따라, 종종 사람의 얼굴 위로 섬뜩하게 얼굴을 드러내는 짐승의 그림자를 보면서, 또는 사랑에 감염된 병든 육신이나 정치적 개인의 남루하고 유폐된 동선을 좇아, 시집의 독법은 여러 길로 나 있다.

하지만 어떤 길을 따라가든지 이 시집이 '몸'에 대한 집요한 인식론적 적대의 역사와 사투하는 장이라는 사실은 변하지 않는다. 그리고 결론부터 말하자면, 이 싸움은 '몸의 시학'에 관한 한국문학사의 가장 전위적인 실천 가운데 하나로 기억될 것임에 틀림이 없다. 창작의 실제에서 보자면 이 시적 실천은 김수영의 시론과는 다른 지점을 향해 한발 더 내딛는 것이며, 여기에는 젊은 시절 미당의 언어를 기습했던 것과 유사한 '다른 몸' 체험도 함께 있다. 말들이 뜨거운 몸에 의지하여 도달한 전위의 지점에 집중해보자. 이 시의 몸은 어디에 있으며 무엇과 닿은 채 어디로 가고 있는가.

어둠으로부터 온 얼굴들

우물은,
동네 사람들 얼굴을 죄다 기억하고 있다

우물이 있던 자리
우물이 있는 자리

나는 우물 밑에서 올려다보는 얼굴들을 죄다
기억하고 있다

—「우물」 전문

왜 하필 '우물의 기억'인가. 문장의 표면에는 보이지 않으나, 명백하게 대립되는 것은 전술한 현자의 기억이다. 명증한 빛에 의해 인도되고 더 밝은 빛을 향해 상승하는 현자의 변증법적 기억과 달리, '우물'은 내내 존재의 바닥과 그림자를 가리키고 있다. 우물의 기억은 이 자리로 세가지를 불러들인다.

첫째, 어둠의 기억은 '죄(罪)'를 소환한다. 우물은 얼굴의 "죄다"(모든 죄)를 기억하고 있다. 언제나 '죄'는 명증한 나의 인식이 보고 싶어하지 않는 어떤 것이다. 빛의 지혜는 명석하나, 그 명석함은 모종의 (자기)합리화 과정에 불가피한 왜곡과 생략을 동반함으로써 죄를 인식의 게토로 밀어넣는다. 굳이 도덕적 관점에서 판단하지 않더라도 이 인식론적인 망각 자체가 '죄'다. 이 망각에는 오인과 자기기만이 불가피하다. 일상의 거울에 비친 자기와는 달리 우물은 어둠 속에 갇힌 폭력과 상처를 보존하며, 이 자리로 얼굴들의 죄를 소환한다.

둘째, 어두운 기억의 소환을 통해 우물이 "있던" 자리는 우물이 "있는" 자리로 변화한다. 기억과 더불어 소환되는 것은 음습한 어둠만이 아니다. 기억이란 시간을 소환하는 일이다. 과거의 소환은 과거의 현실화이고, "있던" 것을 이 자리에 "있는" 것으로 실체화한다. 이것의 이름은 '역사'다. 역사란 망각되지 않은 시간의 현존성에 붙인 이름이 아닌가. 그건 현재 시각에 삼투된 다른 시간이며, 확장되고 깊어진 더 큰 현재. 이런 점에서 기억의 대상이 "동네 사람들 얼굴"이라는 점에 주목하자. 우물에 떠오른 얼굴들을 보는 자가 "나"라는 점에서 우물의 기억은 나의 기억이기도 한데, 여기에서 개인의 주관적 기억은 공동의 기억으로 확장된다. 기억은 언제나 주관적인 것이고 그것은 시적 화자의 기억도 마찬가지다. 중요한 것은 기억의 주관성에 수많은 다른 주관성들이 귀신처럼 포개어져 있다는 사실이다. 객관이란 수많은 주관성들의 포개짐이 아닌가. 이 포개지고 삼투된 얼굴들의 기억을 역사라고 하지 않으면 뭐라고 부를까.

셋째, 우물이 소환하는 것은 끝내 억압할 수 없었던 죄의 형상들인데, 이 형상들은 "동네 사람들 얼굴"에 새겨진 것이다. 우물의 기억은 은폐된 얼굴들의 회귀다. 그렇다면 기억의 주체는 과연 누구인가. 물론 1연의 문장 주어로 보아 기억의 주체는 "우물"이다. 역시 문장 주어로 볼 때 3연에서 기억의 주체는 "나"다. 그러나 엄밀히 말해, 3연에서도 기억의 주체는 내가 아니라고 해야 할 것이다. 기억에 선재(先在)하는 것은 "우물 밑에서 올려다보는 얼굴들"이기 때문이다.

이 지점을 강조하는 것은 중요하다. 이영광의 시에서 이 얼굴들은 화자인 1인칭 '나'와 항상 결부되면서도, 우리가 익히 알고 있는 주체의 소관에 속하지 않는다. 정확히 말해, 기억을 소환하는 것은 '나'가 아니다. '나'를 "올려다보는" 것은 "얼굴들"이지 않은가. 물론 '나'가 얼굴을 매개하기는 한다. '나'가 "동네 사람들 얼굴을 죄다 기억하고 있"는 어두운 "우물"이기도 하다는 뜻이다. '나'는 빛을 쬐지 못하는 대신 어둠의 타자들이 회귀하는 '몸'이 된다. 그렇다 하더라도 회귀하는 것은 '그들'이지 '나'가 아니다. 기어코 되돌아온 귀신 같은 타자들에게 '나-몸'은 무력하다.

가장 이영광다운 이런 시에서 '나'는 전통적 서정의 고갱이가 되지 못한다. 어둠의 얼굴이 떠오르는 표면이라는 점에서, "동네 사람들 얼굴"이 포개지는 얼굴이라는 점에서,

혹은 다른 시간들에 무장해제된 현재라는 점에서, '나'는 모호하고 위태롭다. 그런 점에서 앞서 언급한 객관과 역사의 의미는 가장 포괄적이고 근본적인 차원에서 해석되어야 한다. 이것은 확정될 수 없는 정체성을 지닌 어떤 것들의 회귀이자 인칭적 경계의 붕괴이며 시간성의 혼재이지, 합리적 상호주관성이 구현되는 의사소통 공동체의 역사가 아니다.

깔깔대는 혼과 거품의 몸

여름 마당에 병아리들 불러 모아 모이 주는
어른 흉내 내어
빈손을 감추고 구구구
장난치는 아이처럼
누가 마음 없이 마음을 못 내놓나
죽음 없이 시체를 못 내놓나
깔깔대는 혼이여
거품 같은 몸이여
모두 일 나가고 저물도록 혼자 집 보는 것
무섭고 외롭더라도
조금만 더 외로워보아
조금만 더 정신을 잃어보아
원한 없는 열개 스무개 닭 모가지들이

갸우뚱 올려다보는 하얀 마당
원한 없는 열개 스무개 닭 모가지들이
갸우뚱 내려다보는 검은 잠 속
—「깔깔대는 혼」 부분

"깔깔대는 혼"과 "거품 같은 몸"이 문제다. "혼"과 "몸"은
같은 상태의 육신에 붙은 두 이름이다. "깔깔대는" 웃음소
리와 "거품"은 정체성의 둑이 무너진 1인칭의 몸에 틈입한
'다른 것'의 활성화다. 정체성을 확인할 길이 없다는 점에
서 이 '혼'을 3인칭이라고 부를 수도 없다. 오해하지 말자.
몸이 해탈했다는 뜻이 아니다. "거품"은 '비운 몸'이 아니
라 다른 것에 "육박하고 뒤엉키고 침투하고 뒤섞이는"(「나
무는 간다」) 괴로운 몸이다. 마치 "동네 사람들 얼굴"을 떠오
르게 했던 우물처럼 '혼'의 침투에 몸은 무력하다. '혼'은
현자의 영토인 '정신'의 반대편 어두운 곳에서 왔다.

"깔깔대는 혼"을 불러들인 육신은 목숨을 걸어야 할 "마
음"과 그 순간 다다르게 될 "죽음"을 담보해야 하는 영역에
있다. 이 영역은 어디인가. "모두 일 나가고 저물도록 혼자
집 보는" 곳 근처 어디다. 거기는 노동의 질서와 일상인의
규칙이 폐제된 세계. 따라서 화자의 '무서움'과 '외로움'을
쎈티멘털이라고 읽어서는 안된다. 이는 감정을 표현하는
형용사가 아니다. '혼-몸'을 담지한 시적 주체의 존재 양상

을 드러내는 건조한 묘사어다. '혼'을 불러들이는 "거품 같은 몸"은 "조금만 더 외로워보아" "조금만 더 정신을 잃어 보"자고 빈다. 현자의 지혜와 생활세계의 규칙과 노동의 질서, 그러므로 우리 시대 말과 사물의 범속한 배치로부터 자발적인 유폐를 감행하는 '혼-몸'의 기도야말로 화자의 유일한 생존 양식이다.

이 '생존' 양식은 지극히 역설적이다. "열개 스무개 닭 모가지들"이란 기도하는 자의 얼굴이 아닌가. 이 양식이 제 주검을 목격하고 싶은 염세주의자의 양식이란 뜻일까. 그럴 리가 없다. 이는 철학적 자살의 한 유형이 아니다. "닭 모가지들"의 기도가 "원한 없는" 형상을 하고 있는 까닭에 대해 생각해보자. 이 최후진술을 소원이라 하지 않고 기도라고 말한 이유도 여기에 있다. 제 몸에 미지의 '혼'을 개방하는 '무섭고' '외로운' 자발적 유폐는, "모두 일 나가"는 노동과 교환의 질서와는 다른 전망을 향해 열려 있다.

모든 기도가 그에 상응하는 응답을 얻기는 어려울 것이다. 하지만 가까스로 열릴 새로운 전망이 기도하는 자의 성의에 비례할 것이라는 사실은 분명하다. 원한 없는 기도만이 하느님과 닿는 깨끗한 희생제의의 자격을 지닐 것이다. 땅 위에 뒹군 원한 없는 주검들의 눈동자가 "갸우뚱 올려다보는 하얀 마당"은, 이 단두대가 다른 세계와 닿아 있는 경계라는 사실을 암시하고 있다. "마음"과 "죽음"을 담보한

시의 제단은 '삶의 끝'이 아니라 '끝에 있는 삶'이다. 이영
광에게 "하얀 마당"은 "검은 잠 속"에서 들은 낯선 "혼"들
의 기이한 웃음소리와 구별되지 않는다.

기도는 불가능하다

　나의 기도는
　기도하지 않는
　기도이다
　기도할 수 없는 기도이다
　주저앉는 기도이다
　뭉개지는 기도이다
　사람의,
　사람이 짓는
　사람이 어쩔 수 있을 어쩔 수 없는 것에 대하여
　기도는 말이 없다
　언제나 경악보다 먼저 와서,
　두려움보다 슬픔보다 분노보다 먼저 와서
　두 손을 모으려 하는 나를
　무슨 말을 떠올리려 하는 나를
　단숨에 찔러버린다

—「기도」부분

이 기도의 이름을 '시인의 기도'라고 부르자. 그러나 모든 시인의 기도가 같은 하느님을 향해 바쳐진다고 할 수 있을까. 이에 대해 답하는 일은 불가능하다. 그러나 기도문의 형식이 제각각 다르다고 얘기할 수는 있을 것이다. 시인의 기도는 "기도하지 않는/기도"이고 "기도할 수 없는 기도"다.

이 기도는 (말로) 표현되기 어렵다. "기도는 말이 없다"는 게 이 뜻이다. 말을 넘어선 기도라는 뜻도 되고, 말을 근간으로 하는 지혜의 어둠에 터 잡고 있다는 뜻이기도 하다. 바꿔 말해 '명증한 말'이 문제가 된다. 그 말들의 세계는 '사람이 어쩔 수 있는 것'을 '어쩔 수 있는 것'이라고 말하며 '사람이 어쩔 수 없는 것'을 '어쩔 수 없는 것'이라고 말한다. 말들이 가닿은 논리가 말들로 지어진 생활세계의 규칙이자 관습이므로 이를 오류라고 반박하기는 쉽지 않다. 말들의 세계가 주장하는 것은, 가능한 것은 가능하며 불가능한 것은 불가능하다는 사실들의 지혜이기 때문이다.

화자-시인의 기도가 "주저앉는 기도" "뭉개지는 기도"일 수밖에 없는 까닭은, 사실들의 지혜가 교환되는 세계에서 이 기도가 효력을 갖지 못해서이기도 하다. 하지만 기도의 현실적 무력함이 기도에 내포된 사유의 무력함을 뜻하는 것일 수는 없다. "사람이 어쩔 수 있"는 것은 실은 "어쩔 수 없는 것"일 수 있다. "어쩔 수 없는 것"은 "어쩔 수 있"는 것일 수도 있다. 묘지에서 주검의 부활을 보는 게 시인이다. 과거가 굴착된 현재, 미래를 미리 당긴 예감의 현재에서 가능성과 불가능성의 경계는 확정되지 않는다.

말의 논리가 건축하는 사실들의 지혜는 사고를 자동·화하지만, 말의 몸으로 사는 시인에게 이것은 말이 짓는 '죄'나 다름없다. 존재의 진실이 거주하는 세계는 논리를 다루는 사실들의 세계보다 늘 더 크다. 그래서 시인의 기도는 말들이 짓는 죄에 대한 속죄의 의미를 띠기도 한다. 화자의 기도가 '말'을 삼킬 수밖에 없는 이유가 여기에 있다. 야훼는 기도를 보이지 않는 곳에서 하라고 가르쳤다. 그건 '나'조차 "모르는 기도"여야 한다는 뜻이다. '모르기' 위해서, "기도보다 먼저 온 기도"를 영접하기 위한 매개가 바로 이영광의 '몸'이다.

이 시집의 '몸-시'는 말들의 표면적 논리를 넘어설 뿐만 아니라, 흔히들 '서정'이라고 부르는 시 속의 자아가 무너지는 불모지에서 출현한다. 이 자아는 인간주의에 불가피한 명증성의 주인이기도 한데, 시인은 자신의 기도가 닿을 시의 하느님이 적어도 이 영토 한복판에는 없다는 걸 직감한다. 현자의 지혜나 말들의 사실이 아니라, '나도 모르는' 무지의 사막으로 가야 한다. "정말 하지 말아야 할 일은 자기를/살려주는 일" "정말 해야 할 일도 저에게 위로를/던지지 않는 일"(「깔깔대는 혼」)이라는 말을 자기연민에 대한

142

도덕적 훈계 정도로 이해해서는 안될 것이다. 그건 범속한 자아, 영리하고 힘이 센 정신이 살고 있지 않는('자기를 살려줄 수 없는') 땅으로 가야 한다는 뜻이다. 그곳에서는 어떠한 변명도 자기기만도 허용되지 않는다. 이건 도피가 아니라 용기이며, 나태가 아니라 결단이다. 이 목소리에서 김수영의 '혼'을 엿볼 수도 있겠지만, 사실을 말하자면 이 목소리는 선배 시인이 가지 않은 오지에 지금 발을 내딛고 있는 중이다. 그곳에서 '나'는 "깔깔대는 혼"들의 폭력에 무방비다. "무의식의 파이트" "공포에 질린 복서의 짐승이 / 제 하느님을 찢고 나오는"(「타이슨」) 알려지지 않은 혼들의 영지. "경악보다 먼저 와서 / 두려움보다 슬픔보다 분노보다 먼저 와서" "무슨 말을 떠올리려 하는 나를 / 단숨에 찔러버"리는 기도의 사막에서, '나' 대신 '미친 나무'가 홀연 나타난다.

간다 가야 한다

나무는 미친다 바늘귀만큼 눈곱만큼씩 미친다 진드기만큼 산 낙지만큼 미친다 나무는 나무에 묶여 헛바닥 빼물고 간다 누더기 끌고 간다 눈보라에 얻어터진 오징어튀김 같은 종아리로 천지에 가득 죽음에 뚫리며, 가야 한다 세상이 뒤집히는데

고문받는 몸뚱이로 나무는 간다 뒤틀리고 솟구치며 나무들은 간다 결박에서 결박으로, 독방에서 독방으로, 민달팽이만큼 간다 솔방울만큼 간다 가야 한다 얼음을 헤치고 바람의 포승을 끊고, 터지는 제자리걸음으로, 가야 한다 세상이 녹아 없어지는데

나무는 미친다 미치면서 간다 육박하고 뒤엉키고 침투하고 뒤섞이는 공중의 決勝線에서, 나무는 문득, 질주를 멈추고 아득히 정신을 잃는다 미친 나무는 푸르다 다 미친 숲은 푸르다 나무는 나무에게로 가버렸다 나무들은 나무들에게로 가버렸다 모두 서로에게로, 깊이깊이 사라져버렸다

—「나무는 간다」 전문

어떤 명민한 비평적 해석도 '미친 나무'가 가닿으려는 영토를 온전히 다 설명해내기는 쉽지 않을 것이다. 그렇다 하더라도 이 '광기'에 방향이 없는 것은 아니다. 우선 확인할 일은 제목 '나무는 간다'와 첫 문장 "나무는 미친다"가 동일한 문장이라는 사실이다. 우리말에는 '가다'라는 말이 '미치다'라는 뜻으로 쓰이는 용례가 있다. 이건 단순한 말놀이가 아니라, '나무'의 운동 방식과 동선을 동시에 알려주는 표현이다. 지금까지 얘기해온 바를 참조해서 읽어보면 이렇다.

'나무'는 빛의 지혜와 노동의 질서와 생활세계에서 가장 멀리 떨어진 곳으로, 또는 내부의 가장 어두운 심연으로 "간다". 그것은 현자와 세인의 관점에서는 '미친다'고 보이는 삶의 방식이다. 실제로 이는 자아의 자기동일성을 무너뜨리는 정신적 구심의 해체 내지 이완을 의미하기도 한다. 정체성과 동일성이 둘 다 identity라는 영어로 표현된다는 사실을 기억하자. '간다'와 '미친다'는 자기동일성과 범속한 정체성의 구축을 동시에 거부한다는 뜻이다.

"바늘귀만큼 눈곱만큼" "진드기만큼 산 낙지만큼 미친다"는 말은 이 거부가 세포와 피부 곳곳에 스며들 만큼 철저하고 집요하다는 뜻으로 새겨야 하리라. 나무는 "누더기" 같은 생의 남루와 "눈보라" 같은 시련을 감수하며, 자기 자체가 존재의 구속임("나무는 나무에 묶여")을 자각한다. 이는 "죽음에 뚫리며" 가는 상황으로 표현된다. "고문"과 "결박"과 "독방"을 감내하지만, 또다시 "결박에서 결박으로, 독방에서 독방으로" 이어진다. "민달팽이만큼" "솔방울만큼" 가는 전진은 중단되지 않는 사투이며 "제자리걸음"으로 행하는 전투다. 그러나 이것은 단순히 느리다는 뜻이 아니다. 실은 더 가혹하다. 이 걸음은 어떤 전진의 기미에도 희망을 걸지 않는 무조건적인 실천이다.

그러나 관점을 달리하여 보자. 죽음을 스스로 선택하는 주체에게 "죽음에 뚫"린다는 말은 무슨 뜻인가. 제 목숨을 건 주체에게 삶은 죽음의 노예가 아니며, 오히려 죽음이 삶의 발명을 위한 거푸집이 되지 않는가. 그러므로 관통된 것은 죽음이지 주체의 삶이 아니다. 나무는 도처에 편재한 죽음들을 가로지른다. "오징어튀김 같은 종아리로 천지에 가득 죽음에 뚫"린 나무는, 제가 알지 못했던 죄를 속죄하기 위해 끝내 제 눈을 찔러 어둠을 선택한 오이디푸스('종아리에 구멍이 뚫린 자'라는 뜻이다)를 닮았다. 오이디푸스에게 빛의 포기는 자살이나 도피가 아니다. 운명을 완성한 건 신이 아니라, 어둠의 영토로 제 발을 내딛기를 주저하지 않았던 그의 윤리적 결단이지 않았나. 이 결단이 신들이 지배하던 어둠의 영토를 주체의 땅으로 바꾼다.

"간다"라는 존재(Sein)의 영토에서 어떻게 "가야 한다"라는 당위(Sollen)의 영토가 발견되는가. "독과 피가 흐르는 저주의 땅"(「가나안」)을 떳떳하게 제 운명으로 수락한 극한의 시적 기투가 '미친 나무'를 윤리의 주체로 변화시킨다. 그러므로 "세상이 뒤집히는데" "세상이 녹아 없어지는데"를 객관적 정황이라고 이해하지 말자. 후천개벽과 해빙의 기미는 객관적인 실체로 주어지는 것도 아니며, 그 정황에 기대어서 주체의 운동이 촉발되는 것도 아니다. "모두가 살려고" 하는 세계에서 "자꾸 죽자 자꾸 죽자"(「오일장」) 하는 혼잣말은 그의 기도문이다. 개벽의 기미는 '마음'과 '죽음'을 다하여 삶을 횡단하여 '가는'(미친) 주체의 출현 그 자체다. 빛의 지혜, 교환의 질서가 포섭하지 못하는 어딘가로 '가는' 이 나무는 다른 세계로 난 좁은 문이다. 나무는 그래서 "가야 한다". "빛을 다 썼는데도 빛은 나타나지 않"(「저녁은 모든 희망을」)지만, 삶의 후천개벽은 미래가 아니라 나무의 "제자리걸음" 속 어두운 현재에 이미 임재해 있다.

죽음을 담보한 이 가로지르기가 늘 외로운 것만은 아니다. "육박하고 뒤엉키고 침투하고 뒤섞이는 공중의 決勝線에서" 나무는 무엇을 보는가. "얼음을 헤치고 바람의 포승을 끊고" 간 거기에서 "미친 나무는 푸르다". 조사와 술어에 주의하자. '푸름'은 나무가 보는 대상(목적어)이 아니라 나무의 속성을 규정하는 술어다. 개벽과 해방의 기미는 객관 세계가 아니라 주체의 '몸'에 깃든다는 암시다. '나무-몸'의 존재가 이미 다른 세계의 그림자가 아닌가.

"미친 나무"가 "미친 숲"이 되고, 나무의 푸름이 숲의 푸름이 되며, "나무는 나무에게로 가버렸다 나무들은 나무들에게로 가버렸다"라는 말을 '미친 나무'로부터 확장된 정치적 연대의 형상으로 읽는 일은 충분히 가능하다. "고문"과 "결박"과 "독방"이라는 어휘들이 그냥 나온 것은 아닐 터이다. 우리 시대에 만연한 정치적 폭력과 졸렬함은 나무의 무의식도 침탈했을 것이다. 하지만 나무가 닿은 무의식의 영토를 짐작하건대, 단수에서 복수로의 연대적 전환은 좀더 깊은 차원의 역사적 전망을 확보하고 있다고 해야 할 것이다. '우물'이 불현듯 떠오른 귀신 같은 얼굴들을 통해 비인칭 시점이라고 할 만한 무의식의 객관 시선들을 포괄하는 것처럼.

그것은 한 나무가 다다른 "공중의 決勝線"이 모든 나무의 승리일 수 있다는 자각 같은 게 아닐까. "얼음을 헤치고" 마침내 푸르게 된 개별적 존재의 승리는 "적대가 세상을 하느님처럼 덮"(「둥지 위의 것들」)은 삶의 내부의 죽음을 가로지르며, 적을 친구로 바꾸는 "사랑을 발명"(「사랑의 발명」)한다. 이 사랑은 사막의 하늘에서 모든 개별자들에게 내린 하느님의 만나와 같다. 그러므로 "나무들은 나무들에게로 가버렸다 모두 서로에게로, 깊이깊이 사라져버렸다"는 말은, 한 주체의 사랑의 승리가 복수의 주체들에게도 동일한 무게로 스미는 보편적 은총이 된다는 뜻이 아닐까. 자발적 희생제의를 마다하지 않는 '미친 나무'의 실천적인 말 건넴을, 어둠의 나라에 사는 시의 하느님을 향한 기도라고 볼 수 있지 않을까. 시인은 이 기도를 "희망이 필요 없는 희망" "절망이 필요한 절망"(「쇠똥구리야」)이라고 부른다.

캄캄한 몸, 숱한 사랑의 말

추운 날엔 살을 쓰다듬고 뼈를 만진다
탈도 많고 말도 많은

캄캄한 내장들을 주물러도 본다
몸은 안 좋을 것이다
몸은 안 좋을 것이다

하지만 이 슬픈 몸은 기쁨의 失禁을 안다
되었다, 헛되었지만 되었다
덜 살고 덜 살고 덜 살아서
슬픈 몸은 숱한 사랑의 말을 사랑하고 있을 것이다

— 「세한」 부분

"인간이란 것이 되려다/짐승 탈을"(「쇠똥구리야」) 쓴 "슬픈 몸"이, "덜 살고 덜 살고 덜 살아서" 하게 되는 "사랑의 말"이 바로 이영광의 기도다. 그것은 "네가 참아버린 말"이며 "네가 잊어버린 말"(「세한」)이다. 예컨대 "내가 가장 좋아하는 건 전력을 다해/가만히 멈춰 있기죠"(「저녁은 모든 희망을」)와 같은 말. 그러나 "아무것도 깰 줄 모르는/두부로 살기 위해서도/열두 모서리,/여덟 뿔이 필요하다". "희고 무르"기 위해 필요한 것이야말로 "칼날을 배로 가르고 나"(「두부」)오는 순결한 용기다. 그에게 "혁명"과 "새날"과 "기적"과 "변혁에 대한 갈망"은, 세계에 대한 분노나 "무장봉기"가 아니라 늘 자기에게 스스로 부과한 "벌"과 "재앙"과 "모든 자폭"을 통해 이뤄진다. "바깥은 문제야 하지만/안이 더 문제"(「저녁은 모든 희망을」)이기 때문이다.

이 시집은 시인의 기도가 체 게바라의 기도와 얼마나 닮았으며 또 얼마나 다른가를 확인시킨다. 이들은 둘 다 노동의 질서와 생존의 이데올로기가 지배하는 생활세계의 변방으로, 죽음의 폭력이 상존하는 정글과 오지로 떠난다. 혁명가의 기도가 세계의 전복을 위해 날리는 분노의 화살이라면, 시인의 기도는 기꺼이 자신을 세상의 말들이 짓는 죄에 대한 속죄양으로 삼는다. 반복하건대 이 속죄의 기도는 포기도 자폐도 염세주의도 아니다. 혁명가는 인민대중과 더불어 세계의 끝(종말)에서 도래할 역사의 메시아를 전망하지만, 시인은 자발적 유폐("세상이 내게 아무런 관심이 없었다는 사실이 / 위로다", 「투명」)를 감행하며 스스로 '끝에 있는 세계'를 살면서, "원한 없는"(「깔깔대는 혼」) "나라는 어린아이"(「구름과 나」) 곁에 이미 임한 시의 하느님을 모신다. "모든 기쁨을 힘없이 무찔러 이기고" "물푸레나무같이 시들어 병 나"(「물푸레나무같이」)는 대속(代贖)의 '아이'야말로 이영광의 '시-몸'이다. 나무가 간 "공중의 決勝線"이 또한 이 몸 안에 있다.

거기에서 "슬픈 몸은 숱한 사랑의 말을 사랑하고 있을 것이다".

咸敦均 | 문학평론가

말이 안 나오는 곳에서 자주 힘없이 막히며
나는 이 시들을 비교적 짧은 시간에,
천천히 썼다
더 잘 더듬거리려고 애쓰는 이상한 말더듬이가 되어.

내가 울며 쓸 때면 등에 와 얹히던
국밥집의 따스했던 손길들에게 감사를.
매만져 책으로 펴내준 바쁜 손길들에게도.
내 앎을 늘 더 깊은 모름으로 바꿔주는
무명(無明) 속의 하느님에게도.

사람은 정말, 질 수 있는 걸까.

2013년 여름
남양주시(南楊洲市) 내동(內洞) 보문행방(普門行方)
이영광

151

창비시선 366

나무는 간다

초판 1쇄 발행／2013년 8월 30일
초판 15쇄 발행／2026년 4월 24일

지은이／이영광
펴낸이／염종선
책임편집／윤자영
펴낸곳／(주)창비
등록／1986년 8월 5일 제85호
주소／10881 경기도 파주시 회동길 184
전화／031-955-3333
팩시밀리／영업 031-955-3399 편집 031-955-3400
홈페이지／www.changbi.com
전자우편／lit@changbi.com

ⓒ 이영광 2013
ISBN 978-89-364-2366-7 03810